La poeta del piso de arriba

Por Judith Ortiz Cofer
Ilustraciones de Oscar Ortiz
Traducción al español de Gabriela Baeza Ventura

PIÑATA BOOKS

Piñata Books
Arte Público Press
Houston, Texas

La publicación de *La poeta del piso de arriba* ha sido subvencionada por la Ciudad de Houston por medio del Houston Arts Alliance. Les agradecemos su apoyo.

¡Piñata Books están llenos de sorpresas!

Piñata Books
Una edición de Arte Público Press
University of Houston
4902 Gulf Fwy, Bldg 19, Rm 100
Houston, Texas 77204-2004

Diseño de la portada de Mora Des!gn

Cofer, Judith Ortiz, 1952-
  [Poet upstairs. Spanish]
  La poeta del piso de arriba / por Judith Ortiz Cofer ; ilustraciones de Oscar Ortiz ; traducción al español de Gabriela Baeza Ventura.
    p. cm.
  Originally published in English in 2012 under title: *The Poet Upstairs.*
  Summary: When a poet moves into the apartment above hers, young Juliana asks to meet her and together they write poems of tropical birds and a river that flows to the sea, typing out words that change the world, if only for a while.
  ISBN 978-1-55885-788-9 (alk. paper)
  [1. Poetry—Fiction. 2. Authorship—Fiction. 3. Imagination—Fiction. 4. Spanish language materials.] I. Ortiz, Oscar, 1964– illustrator. II. Ventura, Gabriela Baeza, translator. III. Title.
PZ73.C5715 2014
[E]—dc23

2013036643
CIP

♾ El papel utilizado en esta publicación cumple con los requisitos del American National Standard for Permanence of Paper for Printed Library Materials Z39.48-1984.

Impreso en Hong Kong en noviembre 2013–febrero 2014 por Book Art Inc. / Paramount Printing Company Limited.
12 11 10 9 8 7 6 5 4 3 2 1

> "y mi niñez fue toda un poema en el río,
> y un río en el poema de mis primeros sueños".
>
> —*El Río Grande de Loiza*, Julia de Burgos

Este libro es para mi nieto, Elias John, y con cariño y gratitud para sus padres, Tanya y Dory, quienes le leen a Eli todos los días.

Como siempre, agradezco a John Cofer por su constante apoyo a mi trabajo.

Mil gracias a mi compañero, Rafael Ocasio, y mis compañeras Billie Bennett Franchini, Kathryn Locey y Erin Christina, quienes compartieron sus comentarios y su sabiduría mientras este proyecto evolucionó hasta convertirse en un libro.

—JOC

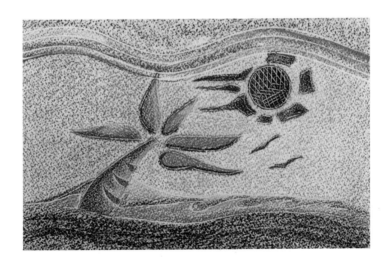

Para mi querida esposa Wina y para mis bellos hijos Oscar-Giovanni y Nitshell. Su amor y paciencia incondicional conforman mi universo. Los amo.

—OO

Un día, una poeta se mudó al apartamento del piso de arriba en el edificio en donde vivía una niña con su madre. La niña, Juliana, estaba demasiado enferma para ir a su primer día de clases. Como su cama daba hacia la ventana, ella podía ver la calle.

—¿Quién es esa señora con todos esos libros, Mami? —preguntó a su madre, quien se estaba preparando para el trabajo. Su madre era la enfermera de los ancianos del edificio.

—Escuché que es una poeta famosa, que vivía en una isla, como yo —dijo Mami.

Vieron a la poeta, una dama alta con un abrigo y un sombrero rojos, cargar cajas de libros y papeles desde su auto. La escucharon subir y bajar las escaleras.

—¿Una escritora? —Juliana se entusiasmó cuando escuchó esto. Le encantaban los libros, y su mamá le leía en español e inglés.

—Oí que está escribiendo un libro, hija. No debemos molestarla. —Pero al ver la cara de desilusión de su hija, agregó—, Quizás podamos conocerla. Pero primero, te tienes que mejorar.

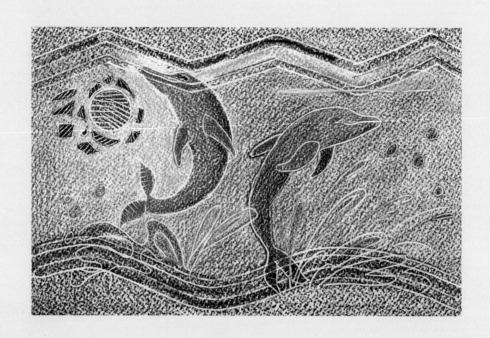

Después de que su mamá se fue a trabajar, Juliana escuchó el *clic clac* de las teclas de una máquina de escribir y los pasos de la poeta, quien caminaba en el piso de arriba. Escuchó hasta que se quedó dormida.

Juliana tuvo un sueño.

Soñó que su cama flotaba en un río, un río ancho que la llevaba por un palmeral y a través de un campo en el que las vacas pastaban el verde pasto. Un gran sol cálido brillaba en el rostro de Juliana.

Las corrientes de viento la hicieron sentir que podía volar. Y en su sueño, Juliana voló. La cama se convirtió en una chiringa. Su larga cola era su colcha de colores. Guió su cama voladora sobre una cordillera que dividía la bella isla por la mitad como un cinturón café. Se elevó sobre el océano azul turquesa, en donde los delfines saltaban en el aire y bailaban mientras ella volaba sobre ellos.

Cuando su madre vino para tocarle la cabeza y confirmar si tenía fiebre, Juliana le contó su sueño. Su madre dijo —Qué lindo sueño, hija. Soñaste mi isla. Creo que un sueño feliz es señal de que pronto estarás mejor. Ahora voy a volver al trabajo, pero regresaré en mi descanso para ver cómo sigues. Llámame si me necesitas.

Juliana estaba de nuevo sola. Empezó a nevar. Desde su cama vio a la gente abrigada caminar con la cabeza agachada. Los autos se deslizaban despacio sobre las calles resbalosas. No había nada emocionante que ver, excepto por los montones de aguanieve gris. Parecía que todo el mundo estaba inmovilizado, y Juliana empezó a sentirse sola.

Escuchó el ruido de una silla que raspó el suelo y luego la música de las teclas de la máquina de escribir. Juliana cerró los ojos e imaginó que cada letra que escribía la poeta era una pincelada que iba dibujando una pintura en su mente.

Juliana dibujó un lago en el que todos los peces brillaban como estrellas en una noche con cielo despejado.

Dibujó una ranita, más pequeña que su pulgar, sentada en una hoja de palmera, cantando después de una llovizna.

Se dibujó a sí misma debajo de la palmera, leyendo un libro titulado *Poemas.*

Cuando Juliana se sintió mejor y pudo levantarse, llevó sus dibujos al piso de arriba y los deslizó por debajo de la puerta de la poeta.

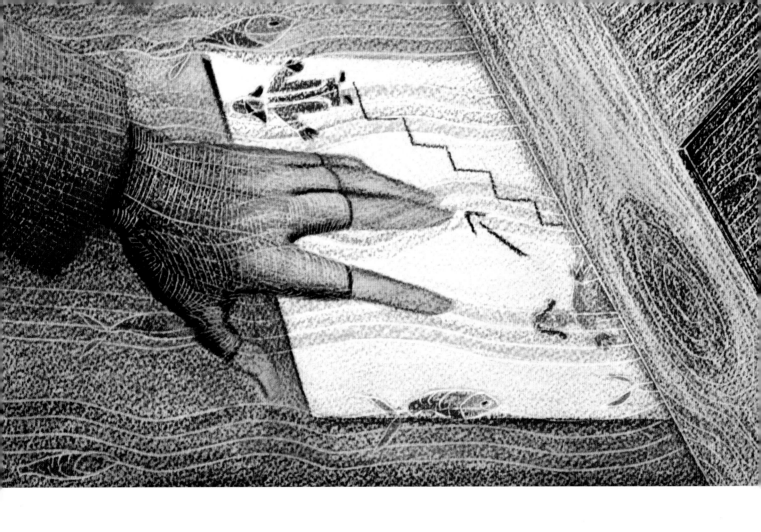

Al día siguiente, una hoja de papel entró por debajo de la puerta de la casa de la niña. Era un dibujo de una señora con un gorro rojo con papeles en la mano. Y había otra figura, más pequeña, y una flecha apuntando hacia las escaleras. ¡Era una invitación de la poeta para que la visitara!

Juliana le preguntó a Mami si podía ir a visitar a la poeta, y su madre dijo —Sí, hija. Ya conocí a la poeta del piso de arriba. Le conté que te encantan los libros.

—Gracias, Mami.

La niña subió las escaleras corriendo y tocó en la puerta de la poeta. La poeta le abrió. Llevaba un suéter rojo grande y un gorro rojo sobre su pelo negro. Sus dedos salían de unos guantes azules cuyas puntas habían sido cortadas para que pudiera escribir en la máquina. Hacía mucho frío en su apartamento. El calentador debajo de la ventana no estaba haciendo ruido y las ventanas tenían escarcha.

Juliana vio la pequeña mesa en la mitad del cuarto con una máquina de escribir. Un foco desnudo brillaba sobre ella. Había montones de libros por todo el pequeño apartamento.

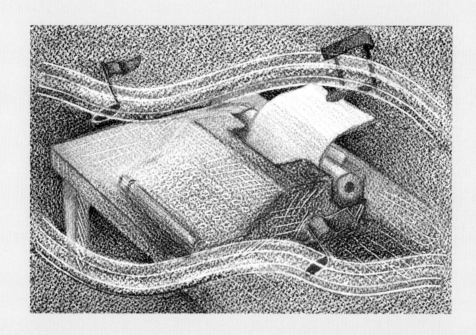

—Me encantan tus poemas —le dijo Juliana a la poeta.

—¿Has leído mis poemas? —preguntó la poeta.

—No, no los he leído. Pero he visto tus poemas en mi mente, y he soñado con los dibujos que haces con tus palabras.

—Sí, a veces pasa eso con la poesía. Los poemas se te meten a la cabeza como las canciones.

—¿Qué quieres decir?

La poeta le tomó la mano a Juliana y la llevó a la mesa de trabajo. —Te voy a enseñar cómo escribir poemas. Siéntate a mi lado. —La poeta acercó otra silla al lado de su mesa. Se sentaron enfrente de la máquina de escribir.

—¿De qué te gustaría escribir? —le preguntó a Juliana.

—Me gustan los pájaros.

Por su ventana, Juliana sólo podía ver a las palomas que se posaban sobre los techos y cables eléctricos, pero había visto fotos de los pájaros tropicales con plumas de todos los colores del arcoiris en los libros de la isla de su mamá. Esos eran los pájaros que quería ver cuando cerró los ojos.

La poeta escribió:

> *En un jardín de la isla*
> *los picaflores revolotean en círculos*
> *como joyas voladoras. Esmeraldas, rubíes,*
> *zafiros y diamantes titilando a la luz del sol.*
> *Cuelgan de sus picos en un círculo,*
> *sorbiendo el néctar de las flores,*
> *como el collar de una reina.*

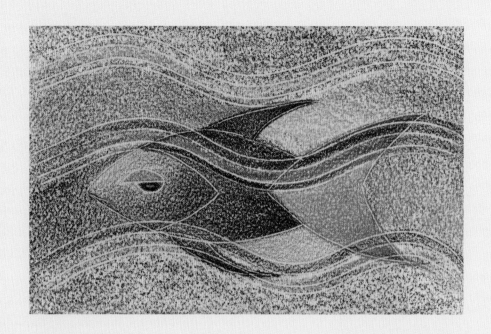

Mientras Juliana veía los dedos de la poeta tocar cada letra, y las letras formar palabras, se imaginaba pequeñas chispas de coloridas luces brillando en las teclas.

—Piensa en un gran sol amarillo que brilla sobre nosotras —dijo la poeta.

El cuarto se iluminó, y Juliana empezó a sentir su calidez, como si el sol estuviera brillando encima en vez del solitario foco que colgaba del techo.

—¿Puedo intentarlo? —preguntó Juliana.

—Sí, yo te ayudaré a encontrar las teclas. ¿De qué quieres escribir ahora?

—De un gran río.

—Ah, a mí también me gustan los ríos. Conozco un río grande. Cuando era pequeña, iba a este río para ver los peces bailar debajo del agua e imaginarme que era un pájaro que seguía el río hasta que llegaba al mar.

La poeta y la niña trabajaron juntas en su poema sobre el río que va al mar. Mientras hacían dibujos con palabras, las paredes del pequeño departamento se derritieron, y afuera un gran río creció y corrió por la calle. La niña sintió que la mesa y las sillas empezaban a flotar río abajo.

Los edificios se transformaron en una cordillera y las aceras se convirtieron en tierra fértil y negra. Mientras la niña y la poeta trabajaban en el poema, las palabras se transformaban en todo lo que se imaginaron. Los postes de luz se convirtieron en palmeras. Las gaviotas, loros y ruiseñores, todos los pájaros que la niña pudo nombrar, volaron a su alrededor. La poeta escribió los nombres de las flores, y éstas florecieron en la fértil tierra negra: orquídeas, rosas, amapolas y margaritas. Un gran sol amarillo brilló y calentó más, hasta que tuvieron que quitarse los gorros y guantes.

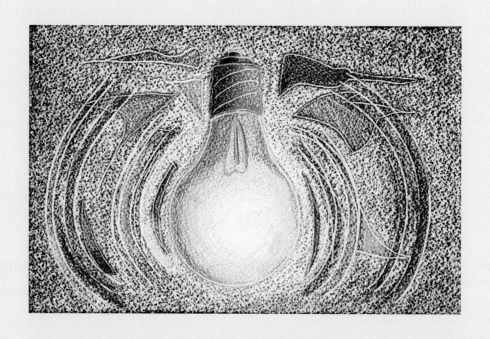

Cuando llegaron al océano, y no había nada más que el agua azul hasta donde alcanzaban a ver, la poeta dijo —Este poema ya está terminado. Es hora de regresar.

Al sacar el papel de la máquina de escribir, el río se secó para convertirse en el concreto de la calle; las montañas se transformaron en los edificios de su barrio. Cuando se levantaron de las sillas, las paredes las rodearon, y el sol se atenuó hasta convertirse otra vez en el foco. Se puso más frío cuando la ciudad y el invierno regresaron a la ventana. Otra vez se pusieron los guantes y gorros, y se encontraron en la mesa dentro del frío apartamento de la poeta.

La niña tiritó de frío. Extrañaba estar en el poema.

La poeta dijo —Ahora ya sabes cómo escribir un poema. Primero tienes que creer que las palabras pueden cambiar el mundo.

—Si otras personas leen este poema, ¿también viajarán en el río hacia el mar?

—El viaje será distinto para cada lector. No estaré allí para guiarlos como lo hice contigo. Lo que ellos vean puede ser diferente a lo que vimos nosotras. Pero seguirá siendo un poema sobre un río que va hacia el mar.

—¿Podrías llevar a mi mamá por el río?

La poeta levantó las hojas con el poema de su escritorio y se las dio a la niña.

—Tú puedes hacerlo. Tú puedes llevarla a ella y a cualquier persona que quieras por el gran río, y ese río siempre te llevará a un lugar nuevo.

Esa tarde, Juliana le mostró el poema a su madre. Mami vio por la ventana, como si estuviera viendo el mundo cambiar afuera, y dijo —Sí, hija, conozco ese río. Jugué en la orilla de El Gran Río cuando era pequeña. Aún puedo sentir el cálido fango en los dedos de mis pies. Me imaginaba que era una sirena que nadaba hacia el océano.

—Mami, tengo una idea. Vamos a El Gran Río las dos.

Después la niña le pidió ayuda a su mamá para escribir un poema, y conforme pusieron cada palabra, sintieron el poder del gran río que las llevaba a todos los lugares que se imaginaban. Jugaron a la orilla en el cálido fango y nadaron juntas en el río que su mamá recordó.

Cuando Juliana regresó a la escuela, ya no volvió a ver a la poeta. Escuchaba el sonido del teclado hasta muy tarde por la noche, y las palabras que se imaginaba formaban parte de sus sueños. Pero la poeta no la volvió a invitar a su apartamento. Juliana sabía que estaba trabajando en un libro de poemas y que no debía molestarla.

La niña trabajaba en sus propias historias y poemas mientras escuchaba a la poeta del piso de arriba. Recordaba que las palabras cambian tu mundo, aunque sea poco a poco.

Un día, Juliana no escuchó el canto de la máquina de escribir. No escuchó a la poeta. Mami le dijo que la poeta ya no vivía en el piso de arriba. Juliana la imaginó flotando por su querido río hacia otro lugar que deseaba ver.

Después de que la poeta se fue, Juliana no volvió a sentirse sola. La lección que la poeta le enseñó —un poema es como una alfombra mágica que te puede llevar a cualquier lugar del mundo y dejarte ser lo que tú desees— fue un regalo que le cambió la vida. Cuando la niña creciera, leería los libros de la poeta. Se encontraría en uno de los poemas como *la pequeña poeta del piso de abajo.* Y un día, ella escribiría su propio poemario y se lo dedicaría a la poeta del piso de arriba.

Foto cortesia de Isidor Ruderfer

Judith Ortiz Cofer es Regent's and Franklin Professor of English and Creative Writing en la Universidad de Georgia y es poeta, novelista y cuentista ganadora de muchos premios. Su obra trata de su experiencia bilingüe y bicultural como puertorriqueña en Estados Unidos. Es autora de numerosos libros, entre ellos *¡A bailar! / Let's Dance!; Animal Jamboree: Latino Folktales / La fiesta de los animales: leyendas latinas; Silent Dancing: A Partial Remembrance of a Puerto Rican Childhood,* incluido en la lista Books for the Teen Age 1991 de la Biblioteca Pública de Nueva York y merecedor de una citación de PEN, el Martha Albrand Award para obras de no ficción y un Pushcart Prize; y *An Island Like You,* ganador del premio Pura Belpré y nombrado ALA Best Book for Young Adults, *School Library Journal* Best Book of the Year y ALA Quick Picks for Reluctant Young Adult Readers. Otras de sus publicaciones juveniles incluyen *The Year of Our Revolution, Call Me María* y *The Meaning of Consuelo.*

Oscar Ortiz nació en Manhattan, Nueva York. Se crió y se educó en Caguas, Puerto Rico. Se graduó de Art Instruction Schools en Minneapolis, Minnesota. En la actualidad vive en Indian Trail, Carolina del Norte, con su esposa e hijos y un perro y tres gatos. Cuando no está pintando, está dibujando o pensando en su próxima obra. Su mente siempre está encendida y creando. Si quieres sacarlo de su trance artístico sólo di la palabra mágica . . . ¡café! Puedes ver más de sus coloridas creaciones en www.oscarortiz.com.